AF314888

# AVIS

# AUX LIBÉRAUX,

## Par un Libéral.

*Vis consilii expers mole ruit suâ.*
HORACE.

PARIS,

DE L'IMPRIMERIE DE A. BOBÉE,
RUE DE LA TABLETTERIE, N⁰. 9.

Décembre 1818.

# AVIS

## AUX LIBÉRAUX.

Si l'on en croit les bruits publics, et des informations plus positives, la France vient d'échapper à un grand danger. Le parti *ultrà* royaliste près d'expirer, a voulu, dit-on, tenter un dernier effort, et cet effort a failli être couronné par le succès le plus complet; le parti libéral, si l'on peut qualifier de parti la presque totalité de la nation, a été à la veille de se voir à la merci de quelques Français ennemis de la France ; enfin, le gouvernement des affaires a été sur le point d'être envahi par des hommes, que leur fanatisme politique et un zèle exagéré pour les intérêts du trône, ont fait non-seulement repousser par la nation, mais désavouer par le Roi lui-même. Heureusement il n'en est pas ainsi. Les craintes qu'on avoit conçues à cet égard, étaient peut-être chimériques. La nomination de nouveaux Ministres n'avait rien qui dût alarmer, et cela, par la raison qu'un Ministre du Roi ne peut être ennemi de la Charte créée par le Roi. On dit que cela s'est vu, mais on se trompe sans doute. Quant au temps actuel, les choix du Monarque doivent nous rassurer pleinement.

Toutefois la lutte qui s'est engagée dans le Ministère, et qui est enfin terminée, ouvre un beau champ aux déclamations contre un parti qui s'est attiré l'animadversion générale, et un écrivain désireux de briller, pourrait donner carrière à son éloquence. Mais à quoi bon? Tout est pensé, tout est dit sur ce chapitre, et, dans l'état actuel des choses, il ne faut rien que d'utile; le reste doit être mis de côté.

Certes, les *ultrà* royalistes méritent les reproches les plus amers; mais les libéraux, je dois le dire, ne me paraissent pas eux-mêmes à l'abri de tout reproche; et je crois qu'il y eût eu de leur faute dans le revirement funeste que nous avons craint de voir s'opérer. Pensent-ils qu'il suffise de vouloir ardemment le bien pour que le bien se fasse, et ne se sont-ils jamais demandé si l'imprudence et la précipitation ne pourraient pas quelque jour faire échouer toutes leurs espérances ?

Je les accuse, en premier lieu, d'imprudence, et je n'ai que trop de motifs pour justifier cette accusation. Le plus grave, sans doute, est d'avoir reçu parmi eux des auxi-

( 5 )

liaires qui les déshonorent, et qui, loin d'être
utiles à leur cause, ne peuvent que lui porter
préjudice. « Il n'y a plus de jacobins, il n'y a
plus de Napoléonistes, entend-on répéter chaque
jour; ils sont tous revenus de leurs erreurs. »
Pour ce qui est des jacobins, je le crois vo-
lontiers ; pour ce qui est des Napoléonistes, je
le nie.

Un jeune publiciste, dans une brochure (1)
généralement goûtée, a dit : « Ce parti qui,
» dès 1814, n'existait plus que dans l'armée,
» est allé, au licenciement de 1815, chercher
» un asile auprès des libéraux, qui n'ont point
» reçu ce nouvel ami comme on reçoit un
» ancien rival, et qui, loin de-là, accueillant
» avec joie un aussi puissant renfort, lui ont
« pardonné de la meilleure grace du monde
» tous ses torts envers la liberté. »

Il est beau d'être généreux; mais il faut
l'être avec prudence. Les Napoléonistes avaient-
ils mérité que les libéraux leur pardonnassent
tous leurs torts ? Ont-ils même justifié depuis
cet acte de générosité, en revenant à des idées
plus nobles et plus patriotiques ? Pour moi, je
connais des napoléonistes qui ne feront jamais
abjuration de leurs sentimens, et je crois qu'il

_________

(1) Intitulée *Du Ministérialisme*, 1818.

est peu de personnes qui n'en connaissent de tout aussi incorrigibles. Quel secours les libéraux espéraient-ils trouver dans les hommes de ce parti ? Autant valait-il s'associer avec les *ultrà*, car les uns ne sont pas moins que les autres, ennemis de la liberté. Les *ultrà* ne veulent pas de la Charte ; les Napoléonistes ne veulent pas du Roi qui nous l'a donnée ; ce doit être, pour la nation, une seule et même chose.

Les partisans du chef du dernier Gouvernement, quelque peu nombreux qu'ils puissent être, font le plus grand tort au parti avec lequel ils ont prétendu contracter alliance. Ils ont soin, à la vérité, de déguiser leur pensée secrète qu'ils ne sauraient avouer sans honte ; mais, incapables de s'élever à la hauteur des vrais défenseurs de la liberté, ils les discréditent au lieu de leur fournir un appui, en tenant sans cesse des discours propres à faire douter de la pureté de leurs sentimens. Familiarisés, ou plutôt identifiés avec les idées du despotisme, ils vont criant sur les toits, qu'ils ne veulent pas *appartenir* à Louis XVIII, et laissent voir que leur vœu serait d'*appartenir* à un autre ; donnant à leurs regrets passionnés, l'apparence de la modération et de l'humanité, ils nous entretiennent continuellement de Bonaparte, des privations qu'il éprouve, des maux qu'il endure, et ils trouveraient tout naturel que les Puissances lui permissent d'habiter dans les Etats du Monarque auquel il est allié par les liens du sang, ou qu'ils lui offrissent même une petite principauté. En un mot, ces faux convertis marchent dans la même voie que les *ultrà*, puisque leurs désirs, au lieu de tendre au perfectionnement des institutions dont nous jouissons à l'ombre du Gouvernement constitutionnel, tendent à son renversement.

C'est ici le lieu de remarquer l'incroyable maladresse des *ultrà*, leur défaut total d'habileté. Comment, en 1815, n'ont-ils pas eu l'idée de s'attacher tous ces Napoléonistes, esclaves par nature, qui ne regrettaient que des places, des honneurs, des dotations, et qu'on aurait acquis facilement pour des dotations, des honneurs et des places? Ils eussent été pour les *ultrà* des alliés précieux, parce qu'ils étaient plus experts qu'eux en affaires, en intrigues, en *machiavéleries*. Les premiers devaient attirer à eux tous ces hommes capables de se faire la propriété, la chose d'un homme ou d'une famille. Au lieu de cela, ils ont crié sottement au *Bonapartisme* qu'ils pouvaient aisément convertir en *royalisme*, et ils n'ont pas songé au *libéralisme* qui minait leur édifice par la base, et qui devait bientôt le faire crouler.

Je le demande, qu'y a-t-il de commun entre les Napoléonistes et nous? Existe-t-il un rapport quelconque entre leurs desseins et les nôtres? Les libéraux ne s'occupent pas, comme eux, du choix d'un maître; ils s'occupent de l'établissement des lois qui doivent régir leur pays. Ils ne veulent pas, comme eux, un grand homme à qui son génie suggère l'idée de chasser les représentans de la nation, de mettre les lois sous ses pieds, et de les remplacer par les actes de sa volonté absolue. Ils veulent un Prince qui apprécie l'excellence du Gouvernement représentatif, qui respecte et fasse respecter les lois établies, et qui concourre de tout son pouvoir à l'établissement de celles qui nous manquent.

Un seul point de contact existait entre des hommes d'opinions si dissemblables. Les libéraux, par la nature de leurs vœux, se trouvaient en position de blâmer fréquemment un Gouvernement qui, incertain dans sa marche, ne suivait pas exactement la ligne qu'il s'était tracée. Les napoléonistes, déterminés à tout décrier, ont cru ne pouvoir mieux faire que de s'unir à eux, afin de donner un libre cours à leurs déclamations haineuses. Que ne s'enrôlaient-ils sous les banières des *ultrà*? la carrière était bien plus belle.

Je le répète, jamais alliance ne fut plus bizarre et plus incompatible que celle des partisans de la liberté et des partisans du despotisme. La conversion de ces derniers n'a pu être que simulée, et les intentions les plus perfides se sont trouvées, pour ainsi dire, accolées aux intentions les plus louables. Tandis que les libéraux vantaient la Charte, demandaient qu'elle fût exécutée strictement, et censuraient, dans l'intérêt général, les actes par lesquels elle était violée, leurs fatals auxiliaires, confondant les hommes avec les choses, ne gardaient point de mesure, et au lieu de réclamer sagement le maintien de cette Charte, qui est la sauve-garde de nos libertés, ils travaillaient à l'anéantir et à nous replonger dans l'esclavage, en provoquant la subversion du Gouvernement Royal. Le scandale de leurs discours, et même de leurs actions, a dû nécessairement rejaillir sur ceux du nom desquels ils se parent, et le Gouvernement a trouvé une occasion toute naturelle de se mettre en opposition plus ouverte avec le parti libéral.

Point de milieu; il faut que les libéraux rompent le pacte tacite qu'ils ont contracté avec des factieux, ou qu'ils consentent à passer pour des factieux eux-mêmes. Le péril est pressant. Les *ultrà*, dont la vigueur presque éteinte paraît se ranimer, profitent avec ardeur des avantages qu'on leur donne ; et comment ne verraient-ils pas des napoléonistes dans nos rangs, eux qui prétendent y voir des jacobins ?

En un mot, c'est un mal d'avoir reçu de tels auxiliaires, et c'en serait un plus grand de les conserver. Qu'on ne craigne pas que cette scission les constitue de nouveau en une faction distincte. Les Napoléonistes sont peu nombreux ; ils ont besoin de l'appui d'une puissance plus influente que la leur, et comme les *ultrà* persisteront sans doute dans leur éloignement pour eux, ils se trouveront dans l'alternative de s'agiter seuls entre deux partis qui ne daigneront pas les remarquer, ou de se résigner à l'inaction et à la nullité la plus complète. Puisse le vœu que j'exprime n'être pas inutile !

Une faute plus grave encore par ses conséquences, et plus directement attribuable aux libéraux, c'est la précipitation avec laquelle ils ont voulu atteindre un but, auquel il importe de n'arriver que lentement et sans secousses. Ce reproche pourrait être suspect de la part de tout autre qu'un libéral ; ils doivent acquérir plus de poids, en raison du sentiment qui les dicte. J'ose affirmer que les partisans de la sage liberté que réclame la nation, ont nui à leur propre cause par la trop grande ardeur qu'ils ont mise à la faire triompher, et par la nature des doctrines qu'ils ont prêchées par fois. La monarchie constitutionnelle est loin de la pure démocratie, et c'est une chose très-funeste que de mêler aux idées libérales des idées démagogiques. En dépassant le but, on ne l'atteint pas. De quoi s'agit-il en effet ? de maintenir le gouvernement constitutionnel représentatif, contre les attaques de ceux qui voudraient le renverser; d'obtenir le perfectionnement des loix existantes, et la création de celles que la nation a droit d'exiger conformément à la Charte. Au lieu de suivre cette marche, des libéraux imprudens se sont attachés à combattre toutes les prérogatives royales, et à faire pour ainsi dire la guerre à la monarchie. D'autres, plus excusables, mais non moins inconsidérés, ont voulu franchir d'un saut, la distance qui existe entre un gouvernement qui se forme, et un gouvernement tout formé. Assurément notre législation est encore bien imparfaite, et la balance penche trop évidemment du côté du pouvoir; mais est-ce à force ouverte qu'il faut exiger des concessions que la force de l'opinion suffit pour obtenir? La violence accroît la résistance. Plus nous demanderons impérieusement la réduction du pouvoir exécutif dans de justes bornes, plus il se sentira de répugnance à reculer. Dans une lutte de cette nature il ne s'agit pas d'avoir raison en principes; il importe uniquement que les résultats soient tels que la nation le désire; et pour y parvenir, la modération vaut mieux que la fougue. A quoi peuvent servir des déclamations outrées, si ce n'est à faire suspecter des intentions qui, dans le fond, sont pures? La monarchie constitutionnelle représentative est bien une république mitigée; mais, tout en la préconisant, il faut se garder de paraître prêcher la république.

Ces observations tiennent de près aux dissentions qui viennent d'agiter le Gouvernement, et dont le parti libéral a failli être la victime. Le zèle imprudent de quelques écrivains qui ont trop peu ménagé des choses qu'il faut ménager encore, a réveillé la haine des *ultrà*; ils ont de nouveau semé l'épouvante à la Cour; ils se sont efforcés de persuader que la révolte était prête à lever ses étendards; que les troubles révolutionnaires de 93 allaient être renouvelés; enfin, que la monarchie était perdue si l'on n'arrêtait par des mesures vigoureuses, et surtout par un changement total de système dans le gouvernement, le progrès effroyable des idées libérales,

qui, selon eux, nous conduisent tout droit à l'a-
narchie. Cependant, en quoi l'anarchie s'est-elle
manifestée ? Est-ce dans l'élection de quelques
députés en qui les libertés consacrées par la
Charte trouveront un appui ? y a-t-il eu sur
quelque point de la France, rébellion contre
l'autorité du Roi ? Non; les *ultrà* n'ont eu que
des prétextes, mais c'est trop de les leur avoir
fournis.

Quelles suites affreuses aurait eues la réussite
de leurs projets! y a-t-il un seul Français qui eût
supporté le retour du régime de 1815? La première crise eût été suivie d'une seconde plus ter-
rible encore ; et qui sait où elle aurait pu nous
conduire ?

Les libéraux, je le dis encore, auraient eu à
se reprocher d'avoir contribué à leur propre
ruine. C'est à eux surtout qu'il appartient de
faire preuve de sagesse, en ne compromettant
pas par trop de précipitation, ou par une exagération blâmable, le succès que leurs lumières,
leurs intentions pures et leur persévérance leur
assurent. Ne fût-ce que par adresse, ils doivent
prendre une marche toute contraire à celle de
leurs antagonistes, à qui, depuis long-temps, il
est permis d'agir non-seulement contre les intérêts de leur patrie, mais aussi contre leur propre
intérêt. *Liceat Clazomeniis indecorè se gerere.*

Soyons fermes dans nos principes, et ne nous égarons pas dans de fausses routes. Combattons, la Charte à la main, afin d'obtenir la liberté individuelle et la liberté de la presse, telles qu'elles y sont proclamées. Réclamons sans cesse l'exécution de cette loi fondamentale, en ce qui concerne la responsabilité des ministres, et la faculté de les mettre en accusation. Quand nous aurons gain de cause sur ces points importans, nous songerons, s'il convient, à d'autres conquêtes. La marche la plus naturelle et la plus sage, est assurément d'exiger la réalisation des institutions protectrices que nous promet la Charte, avant de parler des perfectionnemens dont la Charte elle-même pourrait être susceptible. Ne donnons pas matière à ceux qui voudraient la voir lacerer, de nous accuser de ce désir coupable. La fougue et l'exagération, lors même qu'elles ont le but le plus louable, prêtent le flanc aux inculpations fallacieuses, et rien alors n'est plus facile que de donner à penser qu'on veut détruire, quand on ne veut qu'améliorer. Les libéraux, dans leur intérêt et par conséquent dans l'intérêt de la chose publique, doivent marcher avec prudence et même avec lenteur. Rien ne dure que ce qui se fait progressivement, et l'œuvre d'un jour périt en un jour. Gardons-nous de justifier par un nouvel et funeste exemple, cette dernière vérité dès long-temps reconnue. La force de l'opinion arrache successivement les plus importantes concessions, aux despotes les plus obstinés; que ne devons-nous pas espérer si nous n'avons à combattre que la tyrannie subalterne de quelques ministres! Forts de l'espoir ou plutôt de la certitude de réussir, que nous coûte-t-il de nous montrer modérés? Nos adversaires redoutent de nous voir inébranlables dans ces principes, et ils seraient ravis d'avoir à blâmer les excès dont nous nous serions rendus coupables. Ne leur donnons pas cette douce satisfaction, et vérifions bien plutôt les prédictions ironiques qu'ils faisaient naguères par l'organe de leur *Conservateur*, (1) et qui pourraient être, *dans certaines parties,* plus justes qu'ils ne le supposent. *Ce n'est point un plan de campagne que font les libéraux ; c'est un plan de* réformation, *conçu pour le bonheur de la* nation, *rempli de concorde et de bénignité, et par lequel, rectifiant toutes les erreurs de la première révolution, ils veulent en amener une seconde* qui n'arrache *pas un cri,* qui ne coûte pas *une goutte de sang. Nous arriverons* à ces heureuses modifications, *par des lois, an nom de la Charte, sous la sanction royale,*

---

(1) Dixième numéro.

*dans la pleine paix et la légitimité. Qu'on ne craigne pas de revoir un 10 août, un 20 mars ; les libéraux n'en veulent qu'aux choses.*

Remercions nos obligeans ennemis, qui se sont chargés d'exposer nos desseins avec autant de franchise et de clarté que nous l'eussions pu faire nous-mêmes. Quelques esprits pouvaient avoir conçu de l'inquiétude sur le véritable but du parti libéral ; ces éloges non suspects dans la bouche de nos détracteurs, doivent les avoir entièrement rassurés, et ils attendront sans doute avec confiance que les événemens arrivent et que la prophétie se trouve vérifiée.